U m *A*
V *i* D *a* I *m a g i n* Á r i a

UmA
ViDa ImaginÁria

NiCK

faRewelL

DEVIR LIVRARIA

Copyright © 2012 by **Nick Farewell**
Todos os direitos reservados.

EQUIPE DE REALIZAÇÃO

Editor	Douglas Quinta Reis
Revisão	Devir Livraria
Preparação	Almiro Dottori Filho
Diagramação	Vitor Yamana
Capa	Marcelo Torma
Fotos da capa	Gabriela Mo
Foto interna	Guilherme Godoy

DEV333087
ISBN: 978-85-7532- 532-2
1ª edição: outubro de 2012

Os personagens e as situações desta obra são reais apenas no universo da ficção; não se refèrem a pessoas e fatos concretos, e sobre eles não emitem opinião.

Dados Internacional de Catalogação na Publicação (CIP)
(Câmara Brasileira do Livro, SP, Brasil)

Farewell, Nick
    Uma vida imaginária / Nick Farewell. --
São Paulo : Devir, 2012

ISBN 978-85-7532-532-2

1. Ficção brasileira I. Título.

12- 12245   CDD-869.93

Índices para catálogo sistemático
1. Ficção : Literatura brasileira   869.93

Todos os direitos reservados. Nenhuma parte deste livro pode ser reproduzida ou utilizada sob nenhuma forma ou finalidade, eletrônica ou mecanicamente, incluindo, fotocópias, gravação ou escaneamento, sem a permissão escrita, exceto em caso de reimpressão. Violação dos direitos autorais, conforme artigo 184 do Código Penal Brasileiro.

DEVIR LIVRARIA

Brasil	**Portugal**
Rua Teodureto Souto, 624	Polo Industrial - Brejos de Carreteiros
Cambuci - São Paulo - SP - Brasil	Armazém 4, Escritório 2 - Olho de Águia
Caixa Postal 15239 - CEP 01599-970	2950-554 - Quinta do Anjo - Palmela
Fone: (011) 2127-8787 - Fax (011)2127-8757	Fone: 212 139-440 - Fax: 212 139-449
E-mail: hqdevir@devir.com.br	E-mail: devir@devir.pt

www.devir.com.br

C. R. L.

Nota do autor

Isto não é uma peça, não é roteiro, é loucura minha. Da febre, eu precisei delirar para escrever este livro.

Na vida não existem marcações, rubricas, muito menos intenções antecipadas e reações explicadas, você ouve os seus pensamentos da mesma maneira como são falados. E ao contrário do que possam pensar, este texto, seja lá o que for, é uma ode ao amor. Quebre o que for que tenha que quebrar, conserte o que tenha que consertar, mas estas vozes dissonantes são para você recuperar ou reafirmar a sua fé no amor.

Se a minha loucura parece deveras amarga é porque os nossos pensamentos e atitudes são amargas. Sob a mentira deslavada do intelecto e do raciocínio lógico, agimos e seguimos acreditando que as decisões que tomamos são certas. Mas há algum tempo descobri que o maior artifício da morte é o medo. É ele que produz o apego (que gera também angústia, amargura, autoengano) e nos obriga a experimentar a pior das formas de morte: morte em vida. Com essa loucura minha, quero fazer da minha voz a voz do poeta: "Lute contra a morte da luz". Reveja, reinvente, repense. Ou melhor, veja, invente e pense a sua vida. Lute e encontre uma saída. Junte o seu superestimado consciente e o ignorado inconsciente. Desejo do fundo do coração que a minha amarga loucura possa desencadear um processo de cura.

Ninguém pode fornecer respostas para certo e errado, verdade e mentira, real e imaginário. Formule as suas. Acredite nelas. Superior, inferior, divino, profano, erudito, popular, valioso, ordinário, todos se igualam diante do poder da crença. Vamos chorar juntos com esta história de um casal de crise. Mas não sofra. O sofrimento de termos nascidos já me parece demasiadamente grande.

Boa imaginação.

All that we see or seem
Is but a dream within a dream

E. A. Poe

SALA

Bibelô de elefante. Sofá de três lugares em chenille. Mesa de centro de armação de aço 90 x 90 x 40 cm com tampo de vidro. Revisteira de alumínio ao lado direito. De frente para uma TV de 40" com moldura preta.

— Sonhei que tive uma vida imaginária.

— Como assim?

— Sonhei que a minha vida era um sonho. Quer dizer, a vida que estava vivendo era tudo imaginação minha.

— Não estou entendendo.

— Não era exatamente um sonho. Mas a vida que estava vivendo era uma imaginação de um momento da minha vida. Na verdade minha vida era completamente diferente do que vivo agora. Por um momento sonhei, imaginei, que poderia ter tido uma vida assim. A vida que eu vivo agora. A vida que estou vivendo com você.

— Já sei. Como aquela fábula. Um monge dormiu e sonhou que era uma borboleta. Quando acordou, estava tão absorto no sonho que não sabia mais se era monge ou borboleta.

— Não. É nessa vida. Em algum lugar deste mundo eu estou pensando. Pensando que nasci neste país, nesta cidade, que me formei no colégio que eu penso que me formei, estudei letras e que te conheci naquela festa do Betão. Que nos casamos dezesseis, dezoito anos atrás na igreja central e que você chegou quase três horas atrasada, compramos esta casa, eu estava tentando pendurar as cortinas ontem à tarde e que neste exato momento pensando que tudo isso não passa de uma imaginação minha.

— ...

— E que daqui a alguns segundos eu voltarei ao meu verdadeiro estado, verdadeira vida, pensando que imaginei uma vida completamente diferente da que tenho. Na verdade eu nasci num país diferente, tenho costumes diferentes, falo uma língua completamente diferente, tenho uma personalidade diferente, peso e idade diferentes e, se bobear... tenho até sexo diferente. Posso ser uma dona de casa entediada pensando que eu poderia ter nascido homem e ter me casado num outro país, num outro lugar. Ter tido uma outra vida.

— Que viagem...

— Por que viagem? Você falou do sonho. Quando você está sonhando não parece tudo real, normal? No sonho pode estar acontecendo o maior dos absurdos mas você acredita que está acontecendo de verdade. Por que isso também não pode ser assim?

— Mas não aconteceu. Isso também não passa de sua imaginação. Que tal acordar para a vida e levar o lixo para fora?

— Você não está vendo que estou lendo?

— Bom, a leitura independe da ação de você levar o lixo para fora. Você vai, deixa o lixo no cesto e volta a ler.

— Não posso primeiro terminar de ler e depois ir lá?

— Sim. Mas você sempre esquece. E hoje não estou com saco para ficar lembrando você. Aliás tenho muitas coisas para fazer.

— Mas, por que ler não pode ser um dos meus afazeres também?

— Pô, você não acha esse afazer muito egoísta? Já que eu tenho de cozinhar, lavar, passar roupa, etc, etc?

— Nó...

— Ei, não vamos discutir. Leva só o lixo para fora, por favor?

— Ok, ok.

RUA

Cesto de lixo suspenso, de costas para o portão de ferro fundido.

— Droga...

...

— Aconteceu alguma coisa? Por que essa demora? O que você está fazendo? Estou falando com você.

— Hã? A sacola estourou.

— Mas o que você está fazendo aí, parado? Eu, hein?

— Eu ia recolher. Mas fiquei olhando. O lixo. Parece sujo. Nojento. Desagradável. Mas foi a gente que produziu, né? Fiquei olhando por um tempo e me acostumei. Não parece assim tão desagradável agora. Até o cheiro você se acostuma.

— O que deu em você, hoje? Hum... O filosofômetro está batendo no teto, hein?

— Deixa. Deixa que eu recolho. Pode entrar.

— Tá.

...

— É. A gente se acostuma.

COZINHA

Mesa de jantar de madeira 2,00 x 0,90 x 0,70 m. Jogo americano de tiras de bambu. Cadeira com encosto e assento quadrados de couro sintético azul claro, revestido de espuma. Açucareiro em formato de baleiro antigo.

— Você quer café?

— ...

— Estou falando com você.

— Eu ainda estou...

— Quer café???

— Quero.

— Sabe o que aconteceu com a filha da Cleusa? Estava voltando de uma festa e aconteceu um acidente grave. Como era o nome dela mesmo? Anita, Anita. É isso. Esses jovens de hoje. Tão imprudentes.

— Como sabe que foi imprudência?

— Você sabe como é. Festa. Eles bebem.

— Sei... Está frio aqui. A porta do quintal está fechada?

— Está fechada.

— Estranho. Está muito frio aqui. Tenho notado que nos últimos anos tem feito muito frio nesta casa.

— Eu não sinto nada.

— Deve ser a menopausa.

— Que menopausa, o quê.

— Só sei que está frio. Muito frio.

COZINHA

Uma xícara vazia. Outra pela metade.

— Quanto tempo moramos aqui?
— Cinco anos?
— Foi a melhor e a pior coisa que você fez na sua vida.
— O que quer dizer com isso?
— No começo achei que era grande o suficiente para sermos felizes e agora sinto que é pequena demais para escaparmos um do outro.
— Não temos contornado bem as nossas brigas?
— Você acha? Contornamos? Se contornamos, contornamos o abismo que foi se formando entre nós. De modo que só um pequeno pedaço de terra nos mantém comunicando. E quando esse pedacinho de nada ruir, nos tornaremos dois continentes. Terminantemente incomunicáveis. Um território inimigo. Não, pior que isso. Com o passar do tempo nem sequer lembraremos que o outro existe. A não ser uma dolorosa lembrança de que um dia nós pertencemos a algo. Mas nunca mais conseguiremos identificar o que é. Flutuaremos mar adentro, à deriva, sem saber que sempre estaremos pendendo para um lado, tentando esquecer desesperadamente que um dia tivemos um pedaço arrancado.
— Sempre achei que você tinha mais talento do que eu. Por que você desistiu?
— É isso que você não entendeu ainda. Eu não desisti. Nós desistimos.
— Mas, por mais ruim que esteja entre a gente, eu só poderia amar você.
— Você diz agora. Daqui a algumas horas você não vai se lembrar disso.

...
— Ei, estou falando com você. Quer mais café?
— Doideira. Eu ainda estou pensando sobre...
— Quer mais café?
— Quero.

COZINHA

Mesa de fórmica branca de cantos arredondados de 1,20 x 0,90 x 0,70 m. Cadeira com tubo de aço cromado, encosto e assento de estofado com revestimento de plástico. De frente para a porta.

— Querida, cheguei!!!
— Você chegou cedo.
— Esses freelas são muito fáceis.
— Oh, você que é bom demais para eles.
— Estou começando a acreditar que sim. Eu escrevi a matéria e eles aceitaram de primeira.
— Como eu tenho orgulho do meu marido Hemingway.
— Hehe. Fui muito bem. Ah, tenho uma surpresa pra você.
— O que é? Não precisava. Temos tão pouco dinheiro...
— Um Cheddar McMelt que você tanto gosta.
— Hahahahaha. Como você adivinhou que eu estava querendo comer isso?
— Ahá! Não te disse que a gente se comunica por telepatia?
— Que lindo que você é. Vou pegar um prato. Mas não vou te dar porque sei que você não gosta. Hahahahaha.
— Verdade. Hahahaha. Coma devagar. Hahaha. Eu tive uma ideia enquanto estava vindo para a casa.
— Qual?
— Sobre o dinheiro que adquire a consciência e escraviza pessoas. Não é legal?
— Hahahahaha. É muito bom.
— Mas não sei ainda como termina.
— Você vai encontrar a saída. Você sempre encontra.
— É. Acho que sim. Mas eu queria na verdade outra coisa.
— Hum...Isso tá muito bom. Obrigada pela surpresa. Mas o que você queria?

— Encontrar uma grande história. Uma metáfora tão forte que qualquer um poderia reconhecer que tem vida. Com isso escrever uma obra-prima.

— Você vai conseguir.

— Espero que sim.

— Escuta!

— O quê?

— Tem um pássaro cantando.

— Não estou ouvindo.

— Presta atenção. Ouviu? É a primeira vez que ouço um pássaro cantando depois que a gente se mudou. Deve significar sorte.

— ...

— É lindo.

— Vem cá, me dá um beijo.

— Eu amo você.

— Eu amo você.

COZINHA

Mesa de fórmica branca de cantos arredondados de 1,20 x 0,90 x 0,70 m. Cadeira com tubo de aço cromado, encosto e assento de estofado com revestimento de plástico. De frente para a porta.

— Querida, cheguei!!!
— Chegou cedo.
— Esses freelas não são páreo para mim. É tudo muito fácil.
— Oh, você que é bom demais para eles.
— Estou começando a acreditar que sim. Eu escrevi a matéria de prima e eles aceitaram. Não mudaram nem uma vírgula.
— Tenho orgulho do meu marido Hemingway.
— Hehe. Um dia eu chego lá. Ah, trouxe uma coisa pra você.
— O quê?
— Tcharam! Um Cheddar McMelt!
— Hahahahahaha. Você adivinhou o meu pensamento.
— Não disse que a gente nem precisa falar? A gente se comunica por telepatia.
— Que lindo. Eu amo você.
— Coma logo antes que esfrie. Ei, vai devagar. Ah, eu tive uma ideia no ônibus.
— Qual? Me conte.
— Acho que pode virar um conto. É engraçado. Imaginei que um dia o dinheiro pudesse adquirir consciência. E se tornaria Dollar-Master. Uma nota de dólar gigante que fica chicoteando as pessoas. Hahahahahaha.
— Hahahahahahaha. É muito bom.
— Só não sei como continuar.
— Você vai encontrar a saída. Você sempre encontra.
— É... Mas eu queria uma outra coisa.
— O quê?

— Eu queria encontrar uma metáfora. Uma metáfora tão forte, tão forte que poderia resumir a vida. Uma metáfora tão forte que qualquer um poderia reconhecer que é vida. Com isso escrever um livro universal. Um livro essencial, genuíno. De repente eu só precisaria escrever esse livro.

— Você vai conseguir. Você sempre consegue no fim.

— Espero que sim.

— Vem cá, me dá um beijo.

— Não.

— Como não? Tá louco?

— A sua boca está com cheddar. Hahahahaha.

— Engraçadinho.

— E agora?

— Agora sim.

— Eu amo você.

— Eu amo você.

SALA

Bibelô de elefante. Sofá de três lugares em chenille. Mesa de centro de armação de aço 90 x 90 x 40 cm com tampo de vidro. Revisteira de alumínio ao lado direito. Estante modular de madeira escura. Divisões para filmes e CDs. De frente para a TV de 40" com moldura preta.

— Pelo segundo dia consecutivo a terra tremeu na Indonésia e a Organizações das Nações Unidas estima que pelo menos 1.200 pessoas tenham morrido. Tanto na ilha de Sumatra na Ásia quanto nas regiões atingidas nas Oceanias, o cenário é desolador, como mostra o nosso correspondente. Um dos tremores chegou a atingir 6.8 na Escala Richter. Ocorreu de novo na ilha de Sumatra distante aproximadamente 150 km do epicentro do terremoto de ontem. O número de vítimas sobe rapidamente à medida que a equipe de socorro alcança os corpos debaixo dos escombros. Este homem disse que encontrou doze pessoas. Duas feridas, as outras mortas. Este outro recebeu água enquanto esperava ser retirado. Muitas pessoas estavam debaixo do que sobrou do hotel de cinco andares. O Japão, que convive com pequenos terremotos diariamente, enviou uma equipe especializada em buscar sobreviventes. O hospital foi parcialmente destruído mas teve que continuar funcionando. As vítimas não param de chegar. Os corredores estão lotados e a situação é precária. A situação também é dramática nas ilhas Samoa na Oceania. Atingidas por um tsunami na terça-feira. Mais dois terremotos de menor intensidade sacudiram a região. Mesmo assim os moradores estão voltando para casa para descobrir que tudo foi arrasado pelas ondas gigantes. Esta mulher vaga sem rumo. Ela perdeu o marido e quatro filhos e quer recomeçar. Precisamos de ajuda urgentemente.

E cada um ajuda como pode. A animação feita pela agência americana de estudos oceanográficos e atmosféricos explica o que aconteceu. Um tremor dentro do mar precedeu os tsunamis nas ilhas Samoa. Pelo menos 150 pessoas morreram. Há milhares desabrigados e desaparecidos. Os reencontros são emocionantes.

— Como a vida é frágil. Num segundo tudo desmorona. Milhares de pessoas mortas. Recomeçar? Recomeçar como? Como é que se recomeça uma vida? Tudo perdido. Uma vida inteira perdida. Até ontem estávamos vivos mas hoje podemos não estar mais. Um piscar de olhos e tudo acaba. Cheiro de morte. Impregnado em tudo. Olha esta sala. Quanta coisa morta! Tudo ao meu redor está morto. Se eu deixar de respirar me sentirei morto? E depois da morte, o que existe? Depois da morte, eu deixarei de existir. Não lembrarei mais nada. Nem sequer estive nessa sala. Não terei lembrança de nada. Não vou lembrar absolutamente nada. A morte recorrente. No fundo, morremos mais do que vivemos. Essa tristeza, solidão, fragilidade, não são sinais de morte? Um veneno que vai se alastrando pelo corpo. Mais do que lembrança da minha mortalidade é a própria morte me contaminando. Amanhã posso não estar mais vivo. E eu, passei a maior parte da minha vida mais morto do que vivo. Moribundo, como um paciente em estado terminal. Mais esperando a morte do que lutando. Todos esses anos, fui um morto-vivo? Eu não era um homem esperando a morte, e sim um homem morto sentindo lampejos de vida? Se já estou morto, o que será a morte final? Libertação? Alívio? Sono sem memória? Sou um morto achando que está vivo? Tudo à minha volta está morto. Até os momentos que achei que estavam vivos estão mortos. Agora, no momento, neste instante. Se considerar apenas este exato momento e esvaziar tudo e qualquer lembrança, memória, eu posso me considerar morto. Estou morto. *Click.* Tudo vira fumaça. Há quanto tempo fumo? 23 anos. Fumo há 23 anos. Mais um pouco de morte dentro do meu corpo? O que é a mortalidade, não, a vida, senão a experimentação da própria morte? Paradoxo. Precisamos morrer para saber que estamos vivos. Essa dor no lado do peito não passa. É possível que algumas partes do corpo já estejam mortas? Então aos poucos, com o passar do tempo a morte vai se alastrando, tomando conta de tudo? Morreremos em definitivo quando todo o corpo morrer? Quantas partes do meu corpo já estão mortas? Quanto tempo da minha vida ainda resta? Mas o que é a vida e a morte? Tudo vai desaparecer como fumaça no ar. Ah! Eu sei por que gosto tanto de fumar. Era isso? É isso! É a metáfora da vida. Nós viramos fumaça no fim. Desmancharemos no ar como fumaça. Eu reproduzo a vida. Eu viro fumaça. Desmancho no ar. É a minha vida. Eu reproduzo a vida!

...

— O que está assistindo?

— Uma comédia.

— O que é?

— A garota tem memória curta. Só consegue lembrar um dia. Então o cara tem que fazer ela se apaixonar por ele todos os dias.

— Legal! Uma boa história.

— Parece *Amnésia* versão cômica. Parece também *Feitiço do Tempo*.

— Você e suas definições. Faz tempo que começou?

— Não sei. Acho que não.

...

— Seus pais vão mesmo vir nessa semana?

— Ah, mas que burra, não! Agora que estava indo tão bem.

— No sábado?

— ...

— No sábado?

— É. No sábado.

— Às vezes eu acho que você faz isso de propósito.

— Isso o quê?

— Finge que não está me ouvindo.

— Besteira.

— Pior, parece que está fingindo que está interessada nas coisas.

— Falando em coisas, você pagou a conta do meu celular? Veio com multa. Lembra?

— Paguei.

— Bom. Odeio ficar com conta atrasada.

— Existem coisas mais importante do que a conta, não acha?

— Ela é esperta. E pensar que ela fez o E.T. Você viu? O IPTU aumentou e o IPVA caiu. É engraçado. Como é que um imposto de uma coisa que anda cai e a coisa que fica parada aumenta?

— Não faz sentido.

— Né? Não faz sentido.

— Não. Estou dizendo que você não faz sentido.

— Que diabo. Onde é que não faço sentido?

— Afinal, você finge ou é assim mesmo?

— Responde você, que vive tanto tempo comigo.

— Antes, achava que eu sabia. Agora não sei.

— Drama. Depois fala que eu faço drama. Já sei. Você está com alguma questão existencial te incomodando. O que é? Pode falar. Estou ouvindo.

— ...

— Tá vendo? Eu entendo você.

— Vai se ferrar.

...

— Outro dia eu tive uma ideia.

— ...

— De um cara que viajava sem parar. Ele simplesmente comprava a passagem e ia. Às vezes perto, às vezes longe. Às vezes muito longe. Mas eu pensei. Toda vez que viajamos os lugares mudam, mas nós não mudamos.

— Parece *Vingador do Futuro*.

— Mas também não ia adiantar nada se nós mudássemos. Não conseguiríamos coordenar os lugares e a gente. A solução seria nos esquecermos. Apagar a memória. Esvaziarmos. Então, poderíamos ser quem quiséssemos ser.

— ...

— Ele poderia chegar nos lugares e arrumar um emprego que não tivesse nada a ver com ele. Podia ter uma espécie de habilidade para isso. Teria que ser rico também. Com recursos. Não sei ainda. E ele poderia aprender qualquer coisa. Podia ser mecânico, encanador, garçom, enfermeiro, advogado. Não sei.

— ...

— Ele poderia responder quando alguém perguntasse por que ele faz isso, "faço isso porque quero descobrir quem sou eu".

— ... Você escreveu isso?

— Não.

...

— Como você consegue viver sem ter apego algum?

— Você está brincando comigo, né?

— Me expressei mal. Você não tem mais distrações, passatempos, nem sequer música escuta mais.

— Ouço quando estou no carro.

— Você parece que está...

— Morto?

— Não. Desistindo.

— Talvez eu tenha desistido mesmo.

— Como consegue viver assim?

— E você?

— O que tem eu?

— Como consegue viver sozinha estando a dois?

— ... Está querendo dizer que devemos nos separar?

— Não. Já perdemos tempo demais nisso. Eu lembro que no começo, nós dividíamos tudo. Um pedaço, cada centelha de pensamento. Sabíamos o que fazíamos, pensávamos e o que acontecia com a gente. Agora somos duas ilhas. Não. Dois satélites, planetas que só se aproximam quando suas órbitas os aproximam. Depois nos separamos de novo.

— Nós tivemos a falsa ilusão de que quando estivéssemos juntos, estaríamos juntos. Perto. Mas não foi o que aconteceu.

— Mas era no começo.

— Que lembrança você tem? Não era empolgação? Não éramos, de fato, duas pessoas completamente diferentes? O que o fazia pensar que poderíamos viver juntos? E para sempre?

— Queríamos viver como um ou como dois? Devemos viver como um ou como dois? Qual é a teoria? Devemos manter a individualidade para que possamos continuar amando um ao outro? Não devemos tentar nos entender completamente primeiro para que possamos viver como um? É utopia? Como devemos viver um com o outro? Como um ou como dois?

— Lembro que você queria, como n'*O céu que nos protege*, um quarto para cada um. Que dormiríamos juntos só quando nós dois quiséssemos. Nunca fizemos o quarto. O quarto nunca existiu.

— Qual é o segredo? Dava certo quando eu me expunha? Quando você dividia seus pensamentos comigo? E quando deixamos de fazer isso?

— Talvez. Mas mais do que expor, pode ser que eu entendia o seu motivo. Pode ser que eu me calasse, aceitasse e compreendesse.

— Você, sempre você.

— Não estou dizendo que você não se esforçou. Você, para mim, sempre foi uma luz. Forte, intensa. Me guiava, me chamava, me colocava no caminho certo, se distinguia da multidão, me distinguia da multidão, me aquecia, me protegia e me iluminava. Você era meu orgulho, meu norte, meu sono profundo, o braço que amparava o forte sol, a minha história, a minha força, a minha fragilidade exposta que poderia acolher e proteger. A minha alegria. A minha tristeza dividida. Você multiplicava a minha alegria e dividia a minha tristeza. Eu tinha felicidade em dobro e tristeza pela metade. Eu falava pela sua boca e você ouvia pelos meus ouvidos. Eu dormia e acordava no seu sono. E quando você estava triste, eu morria para te salvar. E quando eu estava triste, você me mandava mil pássaros para que eu erguesse o meu rosto. Você não ia suportar me ver chorar. Onde chegamos e como chegamos?

— Ai de mim, filosofia, jurisprudência, medicina. E tu também, triste teologia. Eu estudei a fundo, com ardor e paciência mas estou aqui pobre e tolo, tão sábio quanto antes... Eu que achava que entendia toda metafísica, nós que achávamos que íamos ter uma vida diferente dos outros, plena. Caímos na mesma armadilha do tempo e da psicologia barata. Quando é que paramos de conversar? Quando é que me transformei de orgulho em vergonha? E as minhas palavras, minhas ideias que me faziam ser um homem maior do que a minha estatura, onde foram parar? Quando fui derrotado pela autopiedade e senti a minha força esvair? Quando perdi você e quando eu me perdi? Quando deixei de ser eu mesmo e me transformei nisso que sou?

— Você ainda é um grande homem.

— Ironia? Você está de volta.

— Não. Eu falei sério. Não estamos na órbita. Estamos em rota de colisão. Agora, nem sequer o sentido das palavras entendemos mais. Esquecemos as regras gramaticais dos nossos sentimentos e falamos línguas diferentes. A partir de agora, ou já faz tempo, tudo se transformou em amargura. É triste.

— ... O que posso fazer?

— Lembrar. Você precisa lembrar quem você é.

— Lembrar. Como faço isso?

SALA

Bibelô de elefante. Mesa de centro de madeira, quadrada, de 90 cm por 70 cm de altura. Sofá de dois lugares de couro sintético marrom. TV de 20". DVD player. VHS. De costas para a porta de entrada.

— Ei, tenho uma boa notícia? Onde você está?

— Estou aqui. O que houve?

— Vou ganhar uma promoção.

— Como assim? Você não disse que o departamento que você entrou é pequeno e que não tinha muita perspectiva de crescimento?

— Sim. Mas o Valter que é diretor operacional gostou dos relatórios que fiz e disse que vai me chamar para o departamento dele para uma vaga de supervisor. Não é uma ótima notícia?

— Sim.

— Você parece desanimada.

— Não. Claro que não. É uma boa notícia. Deve ser o calor. Fiquei trancada naquele quarto o dia inteiro.

— Ah... O ventilador não está adiantando, né? Preciso colocar um ar-condicionado. Com esse aumento vou fazer isso. O ar afeta a pintura, não é? Aliás, como está indo?

— Nada muito bom. Aqui não tenho muita inspiração. Ou talento.

— Para com isso. Você é minha Frida Kahlo. Não. É muito trágica. Que tal Tamara de Lempicka. Ah, aquela que você gosta. Georgia O'Keeffe!

— Estou longe disso. Eu não consigo encontrar a luz certa.

— De repente posso até comprar uma TV nova. Uma escrivaninha nova.

— Em que pé está a coletânea?

— Eu parei.

— Parou? Mas por quê? Estava indo tão bem!

— Não tenho tempo. Você sabe, trabalho demais. Ainda mais agora...

— Ei, você não está esquecendo do seu objetivo? Isso é só a vida real.

— Relaxa. Não há nada de mau em ganhar um pouco de dinheiro. Além do mais, já temos uma artista em casa. Vou apostar em você. Hahahahaha.

— Mas eu não tenho talento. Você tem...

— Quem disse? Às vezes chego a duvidar desse meu talento. Eu só tenho ideias.

— São grandes ideias.

— Eu... E se de repente não for? E, se mesmo eu publicando, não fizer sucesso? E se eu, nós, estivermos errados?

— Não podemos estar errados.

— Como pode ter certeza?

— Quando se tenta, não podemos estar errados. Você erra, nós erramos, só se você não tentar.

— Por que está falando em plural?

— Porque você é um pouco do meu sonho também. Do que eu acredito. Uma extensão da minha vida. Querido, o resultado não é importante. Você precisa ser você.

— Hoje, imaginei uma frase. Ou pensamento. Era assim. Depois de ter a garota dos seus sonhos e ter conseguido tudo que queria ter, ele percebe que não era nada disso que ele queria. Mas já era tarde demais. Ele estava velho ou incapacitado. Tinha desperdiçado a vida. Me pareceu um mote de um grande romance americano. Como é que a gente pode descobrir que algo que deseja tanto, na verdade não é nada importante?

— Você precisa saber quem você é. Não o que outros querem que seja. Nem o que você quer ser para que os outros queiram você.

— ...

— Salve-se, querido. Assim, você salvará a todos. Inclusive e principalmente a mim mesma.

SALA

Bibelô de elefante. Mesa de centro de madeira, quadrada, de 90 cm por 70 cm de altura. Sofá de dois lugares de couro sintético marrom. TV de 20". DVD player. VHS. De frente para a porta de entrada.

— Boa notícia. Vou ganhar uma promoção.

— Promoção? Você não disse que era difícil nesse emprego?

— Um diretor do outro departamento leu meu relatório e achou que eu sirvo para trabalhar com ele. De supervisor.

— Que bom...

— Que animação é essa?

— Nada. Deve ser o calor.

— Ah... O estúdio improvisado não está servindo, né? Mas quem sabe com esse aumento eu compre um ar-condicionado? Mas como está indo?

— Nada bem. Acho que não tenho inspiração. Muito menos talento.

— Não diga isso. Você é a minha Frida Kahlo, Tamara de Lempicka, Goeorgia O'Keefee!

— Nada disso. Eu não consigo encontrar a luz certa. Tenho a impressão de que pinto o brilho errado. Sombra demais ou de menos. Tudo parece cópia do que já vi. Não sou original.

— Acho que posso até comprar uma TV nova.

— Mas pra quê?

— Para ver filmes.

— Bobagem. Você não está se concentrando. Disse que arrumou o emprego só para ter um ganho fixo. Logo você, que dizia que o mundo dos sonhos é mais importante. Assim, você vai esquecer o que você realmente quer.

— Pode ser. Mas no momento preciso me concentrar no que estou fazendo. Estou gostando dos desafios. É bom.

— Sentir-se útil? Tome cuidado, querido. O dia a dia pode acabar com você. Sem ao menos perceber, o trabalho tomará proporções de uma vida. Você se importará demais com coisas que no fundo não têm a menor importância. Sua vida pode se resumir em "eles não vão entregar a tempo a caixa de embalagem. Só resta uma caixa e meia. E agora?"

— O que você entende disso?

— Esqueceu que trabalhei na Sixty? Em menos de dois meses, a minha preocupação em conseguir os ângulos, as cores e as luzes da Tamara se transformou em "estão faltando três peças no estoque de porta-retratos da Marilyn. O fornecedor não entrega. E agora? O que eu faço?"

— ...

— E a coletânea, como está indo?

— Parei. Com esse trabalho, você sabe.

— Você não pode parar. Eu tinha gostado tanto daquela história sua das pessoas que acordam no dia apegados ao que fazem mas que no dia seguinte acordam com profissões e personalidades completamente diferentes. E como era mesmo aquela outra? O livro das almas-gêmeas. Puta ideia.

— Eu não gostei tanto assim desses. São só ideias.

— Grandes ideias. Você tem talento.

— E se eu realmente não tiver esse talento?

— Você tem.

— Como pode ter tanta certeza?

— Eu simplesmente sei.

— E se eu, você, nós estivermos errados?

— Só estaremos errados se não tentarmos.

— Por que estamos falando em plural?

— Porque você é um pouco do meu sonho também. Do que eu acredito. Você precisa ser você.

— Eu tive uma ideia de um homem que percebe que a garota dos sonhos e tudo o que ele conseguiu conquistar não eram o que ele estava procurando. Mas aí já é tarde. Não pode fazer mais nada. Como é que a gente sabe o que é realmente importante?

— Querido, você não precisa se preocupar com os outros. Só precisa saber quem você é.

— Mas como é que a gente sabe o que a gente quer?

— Na certa, esse homem se desviou do que ele realmente queria. Aos poucos deixou de ouvir a sua própria voz e passou a escutar a dos outros. Nada acontece por acaso e de uma hora para a outra. Você pode ignorar os motivos mas eles continuam lá. Caso contrário ele não teria percebido no fim.

— ...

— Salve-se, querido. Se salvando, você salvará a todos.

...

— Fiz um esboço de um quadro interessante.

— ...

— Mulheres em fuga. São mulheres em várias situações de fuga. Vou fazer uma série.

— ...

— Estou falando com você.

— ...

— O que aconteceu?

— Nada.

— Como nada? Te conheço.

— Deve ser o calor. Essa casa é insuportável no calor. Está quente demais aqui.

— Eu acho que é a sua cabeça que está quente.

— ...

— O que houve?

— Já disse que não houve nada.

— Vai acender outro cigarro agora?

— O que deu em você? Fiscalizando os cigarros agora?

— Não. Fiscalizando a sua saúde. Nesse caso mais mental do que física.

— ...

— Você não anda bem. Andei pensando. Acho melhor eu voltar a trabalhar.

— Não precisa.

— Eu não tenho talento. E é um passatempo inútil. Não tenho necessidade de pintar.

— Eu também não sinto necessidade de escrever.

— Mas você precisa. Tem que escrever.

— Não. Não acho. Tudo é uma grande bobagem.

— Grande bobagem é você falar isso.

— Sabe o que acham do meu grande talento lá no trabalho? Acham que sou inconstante. Estranho. Eu sei. Tenho surto de ideias boas mas também tenho divagações inúteis que beiram a insanidade. Eu tento evitar. Me concentrar no trabalho. Mas é difícil. Tenho me policiado. Mas é difícil. Muito difícil.

— Você está angustiado.

— Não me deram a promoção de novo. Como se não bastasse daquela vez. Eu tenho falado cada vez menos no trabalho. Chego a inventar compromissos para poder almoçar sozinho. Não estou bem.

— Você precisa sair desse trabalho.

— Não posso. E quem vai pagar as contas?

— Eu. Eu poderia.

— Não começa.

— Isso é puro machismo. Eu poderia muito bem trabalhar e sustentar nós dois. Você poderia voltar a fazer freelancers e retomar o seu livro. Vou me sentir bem.

— Mas eu não vou me sentir bem.

— Você já não está se sentindo bem.

— ... Na verdade eu não queria fazer nada. Por que a gente tem que fazer alguma coisa?

— Trabalho é antinatural.

— É. Prefiro não fazê-lo.

— A vida real. Sempre a vida real. Sempre ela. Nunca conseguimos sair disso. Dinheiro, trabalho, preocupações sociais.

— Você fala do meu sonho. Mas num mundo risível como o nosso, o que isso importa no fim? Eu lanço o meu livro, faço sucesso, e depois? O que isso importa também? A vida é um conto dito por um idiota. Cheio de som e fúria. Significa nada. No fim das contas o que realmente importa?

— Não pode pensar a vida como algo sem sentido. Mesmo que realmente seja, precisamos acreditar que vale a pena.

— Isso não seria enganação? Autoengano? Nós nos enganamos que algo tem importância?

— Mas, o que nós poderíamos fazer além disso? Nascemos humanos.

— ... Quando eu tinha uns 20, 22, pouco antes de conhecer você, não, talvez antes. Sinto que eu tinha uma voz. Mais grave que essa. Talvez não pronunciada. Mas era minha voz verdadeira. As minhas crenças que eu não partilhava com ninguém. Uma voz densa que era tecida com as tramas da minha alma, compacta, ora súplica ora firme, profunda, muito bem articulada, clara, sincera, penetrante, decidida, preenchia todo o quarto, a sala, a casa inteira, o mundo todo e o universo inteiro. Era a minha essência, a minha vontade, a minha força, eram os meus pensamentos, os meus desejos e sonhos. Mas de repente a voz começou a rarear. E quando menos esperava, desapareceu. De modo que não sei quando eu a perdi. Só sei que eu a perdi. Essa voz não é minha.

— ...

— E quem somos? O que esperamos? O que queremos? Senão uma voz oscilando de dia, outra de noite, fora e dentro, de mim para os outros, no nosso mundo indizível e incomunicável, de gradiente errado, tentando equilibrar inutilmente a maré íntima do oceano turbulento que é a realidade? Sem poder fugir mas também sem poder pertencer, nos castigando sempre de dentro para fora, de fora para dentro, empurrando e sendo empurrado, brigando, sofrendo, machucando no mesmo lugar de sempre e para sempre, arrastando o corpo e a alma sempre em frangalhos, de cicatriz exposta que ninguém enxerga. O que se pode fazer quando as lágrimas não são suficientes? E por que me dói, como dói e quando dói? Por que nunca consigo resposta nenhuma? Nem ao menos o eco, mas somente a escuridão que caminho de pés descalços sempre com medo. E a estrada que nunca enxergo o fim. Quando tudo isso vai terminar?

...

— Estamos aqui para se consumir e não para entender. Temos que arder em chamas e se extinguir. É o nosso destino.

— E se eu não acreditar em meu grande momento de fogo? Não posso passar a minha vida inteira desacreditado, desacreditando? Que diferença fará neste mundo sem sentido?

— Assim em cima assim em baixo. Superior, inferior, profano, divino, valioso ou ordinário, todos se igualam diante do poder da crença. Somos tão pequenos e frágeis que mal podemos distinguir um do outro. Você será o que você acredita.

— E se o que eu acredito estiver errado?

— O que é certo e o que é errado? O que é verdade e o que é mentira? O que é real e o que é imaginário? Não podemos e não sabemos distingui-los. Tudo não passa de um grande apego. Feliz ou infelizmente, seremos sempre o que acreditamos.

...

— Minhas dúvidas existenciais vêm dos problemas reais?

— É possível mas não é verdade. Os nossos problemas vêm de nós mesmos.

SALA

Bibelô de elefante. Mesa de centro de madeira, quadrada, de 90 cm por 70 cm de altura. Sofá de dois lugares de couro sintético marrom. TV de 20". DVD player.

— Querido, cheguei!

— ...

— Você tem chegado cedo...

— ...

— Estou com uma fome..... Ei, você não levou o lixo pra fora?

— ...

— Nem para esvaziar o cinzeiro. A cozinha está imunda.

— Ei, se você está preocupada com a limpeza da cozinha, por que você mesma não limpa?

— Grosso. Pelo menos você podia limpar o que você sujou.

— Posso fazer isso depois?

— Pode, pode. Encontrei a Carol quando estava vindo para casa. Ela nos convidou para jantar na sexta à noite.

— Se é jantar, só pode ser à noite.

— Mas que saco! Vamos?

— Não.

— Não?

— Não.

— Por que não?

— Porque não.

— Cacete. Odeio quando você faz isso.

— Em todos esses anos você nunca percebeu que eu odeio esses encontros, jantares e reuniões bem-intencionados? Além do mais, estou de saco cheio de ficar ouvindo o papinho fútil e sem graça dela. Na certa eles viajaram para algum lugar da moda e querem alguém para poder exibir as coisas inúteis que compraram na merda da viagem.

— Você está sendo maldoso.

— Maldoso? E o que eles fazem comigo?

— Eles gostam de você.

— Eu não pedi para eles gostarem de mim.

— Tá. Então não vamos... Elogiaram um projeto que eu fiz.

— Mesmo você não sendo formada?

— É. Mesmo não sendo formada. Era um projeto de instalação na fachada.

— ...

— Ei, você vai mesmo me ajudar a limpar?

— Você não disse que podia ser depois?

— Deixa.

— ... Ok. Vou te ajudar.

— Já disse que pode deixar. Deixa! *Crack. Prac. Prec.* Viu, o que você fez? Traga a pá. Você só me atrapalha.

...

— Você... quer jantar fora?

— Não.

— Podemos ir naquele italiano que você gosta.

— Já disse que não quero.

— Muito trabalho no escritório?

— Já falei do projeto.

— Você está indo bem lá, né?

— Acho que sim.

— Não quer ir mesmo no italiano?

— Não.

— O que quer fazer?

— Vou esquentar a comida.

— Não precisamos fazer isso.

— Se você quiser ir, pode ir sozinho.

— Eu quero ir com você.

— EU JÁ DISSE QUE NÃO QUERO IR!

— ... Sua mãe ligou.

— Quando?

— Án... Um pouco antes de você chegar.

— O que ela disse?

— Perguntou como você estava. Disse que faz tempo que você não liga.

— É... É o trabalho... Tadinha. Vou ligar mais tarde.

— Pensando bem, podíamos ir no jantar da Carol e do Roberto.

— Você é um pé no saco, sabia?

— Mas um pé no saco que você gosta.

— Quem disse?

— Eu. Hahahahaha.

— Engraçadinho. Ah, você viu o fiador novo? Não entendi essa. E esse aumento de aluguel?

— É porque o amigo do meu pai vendeu o imóvel dele.

— Mas nunca atrasamos um aluguel sequer.

— Isso não interessa para eles. Querem garantias.

— E o aumento?

— Estou negociando. Mas acho que não é o proprietário que está querendo aumentar. Estou achando que é a imobiliária.

— Que filhos da puta. E essa casa é tão barata.

— É. Mas pode ser que a gente tenha que se mudar.

— Que merda.

— Mas não vamos sofrer por antecipação.

— Tá certo.

— Lembrei de uma história. Uns ETs raptam um casal no planeta Terra. Levam para o planeta deles e instalam o casal num quarto com um telefone e um painel da bolsa de valores. Os ETs dão uma certa quantia em ações e dizem que tudo o que eles conseguirem ganhar será deles quando eles forem devolvidos à Terra. Então eles choram, riem e sofrem quando as ações sobem ou descem. Só que era tudo mentira. Aquilo não estava ligado a nada. Os ETs estavam se divertindo às custas deles.

— De quem é isso? É seu? É genial.

— Não. É do Vonnegut. Mas de certa forma fala sobre a futilidade do dinheiro. Ele só existe porque nós acreditamos.

— Parece aquela história do dinheiro que adquire consciência. Como é mesmo?

— Dollar-Master. Você se lembra?

— Mas claro. É muito boa.

— Fiquei pensando outro dia. Se um dia aparecesse de fato um disco voador, as nossas preocupações e percepções sobre as nossas vidas não mudariam? Estudos, contas, sucesso profissional, relacionamento, casamento... E se nós tivéssemos uma percepção diferente da vida? E se a vida fosse diferente do que vivemos hoje? Com outras regras, leis, como seria? Talvez essa seja a grande metáfora que tanto procuro. Uma sociedade com leis e regras diferentes. Mas eles levariam a sério porque o mundo deles funciona daquele jeito. Se lêssemos, acharíamos que é um absurdo. Mas para eles faria sentido. Se eles realmente existissem e olhassem para a nossa sociedade, nós é que seríamos completamente estranhos.

— É interessante.

— Há algo de terrível na realidade e eu não sei o que é... Essa vida não faz o menor sentido para mim. Na verdade EU não consigo entender nada. Aliás eu não entendo essa vida. Não sei por que trabalho, por que nos preocupamos em pagar as contas, por que temos de conviver com outras pessoas, por que temos que fazer coisas...

— Ora, isso é fácil. Temos que sobreviver. Infelizmente o nosso mundo é assim.

— Você, por exemplo, no começo das nossas vidas não pensava assim. Você mudou. Aliás oscila. Às vezes acha absurdo mas na maior parte você acha que a vida é isso mesmo.

— Mas então me diga. O que essa visão da arte nos deixou? Eu sei e entendo o que você diz. Mas quem vai pagar as nossas contas?

Quem ou o quê vai impedir o aluguel de aumentar? O que vai nos fazer despertar da nossa miserável vida material? Eu já tentei. Não consigo mais. Não há saída. O mundo é assim mesmo.

— Deve haver algum jeito. Se nós conseguirmos não ser tão envolvidos assim.

— Mas as contas vão continuar chegando. Não seria uma saída se você trabalhasse com o que você gosta?

— Como eu sempre digo, e se não precisássemos trabalhar? O sentido da vida se resume nisso?

— Daí voltamos ao dilema inicial. Como poderíamos sobreviver???

— Eu também não sei.

— Hahahahaha.

— Talvez a vida tenha outro sentido que não seja esse que vemos. Será que poderia existir um sentido superior que nós não vemos?

— Você diz a dimensão espiritual?

— Não necessariamente. Algo acima das lógicas da vida real. Mas que ao mesmo tempo subordina todas essas lógicas. Mas nós não vemos.

— Hum... Está querendo dizer que nós fazemos as coisas na verdade sem entender direito o que fazemos?

— Talvez. Pode ser que a vida seja esta casa toda e nós nunca saímos da sala.

— Nunca saberemos de tudo. Isso é certo.

— Mas o que me incomoda é não saber o princípio. O começo.

— Nunca saberemos.

— Mas eu queria saber.

— Todos querem saber. Até eu. Já sei. É isso que vou fazer.

— O quê? Tentar entender o princípio? A lei suprema?

— Não. Não estava falando disso. Ao invés de esquentar a comida vou fazer uma salada com massa, penne. Que tal?

Tum

— ... Me parece bom. Mas você acredita que realmente nós podemos descobrir ou alcançar o tal conhecimento, estado, sei lá.

— Ora existiram monges, Buda, Jesus, não tem um monte de gurus na Índia? Por que não?

— É.

— Mas você não está pensando em virar um.

— Não, não. Mas.. Devíamos ter ido.

— Não, não tem problema. A gente se vira.

— É claro que se vira. Se vira bem mal.

— Como assim bem mal? Eu me viro bem. Você nunca reclamou.

— O quê? Ah... Não é o lugar que você está pensando.

— Então onde era? Não vai me dizer que é aquele bistrô? Eu gostei mas achei meio caro.

— Não é nada disso que você está pensando.

— Que restaurante você está falando?

— Não, não estou falando de restaurante.

— Ah, Matriz. Aquele bar que você gosta. Poderia ser. Gosto do bolinho de lá. E tem saladas boas. Por que não me disse antes?

— Não é nada disso.

— Desisto. Você pode abrir a lata de atum pra mim?

— Eu estava falando de templo.

— Maionese, mostarda e molho inglês. O de sempre.

— Templo. Tô falando que a gente devia ter ido naquele templo.

— Mas o que isso tem a ver com a comida?

— Putz.

— Você está falando que eles têm culinária natural, é isso? Eu deveria ter feito salada normal?

— Eu nem sei mais como explicar.

— Deve ser mesmo complicado a comida. Imagine a culinária que se desenvolveu durante séculos, até mesmo antes de Cristo.

— Não! A gente estava falando de monge, então eu falei que a gente deveria ter ido naquele templo que não lembro o nome. Mas você entendeu que era no restaurante. Aí quando eu falei que não era restaurante, você achou que era um bar. E o que mais você falou? Ah, templo. Finalmente eu falei que era no templo, mas dessa vez você entendeu tempero. Ridículo. Que mais? Depois, depois você fez uma associação de que eu falei de templo porque estava falando de comida natural, a salada que você estava fazendo.

— Não estou entendendo nada.

— Esquece.

— Não. Quero entender.

— Não vou conseguir explicar de novo. Nem lembro direito a sequência das frases.

— Mas o que tem a ver a salada com o templo?

— Deus! Isso acontece direto ultimamente e você nem percebe. Eu falo uma coisa mas você entende outra e no fim ninguém entende mais nada.

— Não entendi mesmo.

— É porque você sempre quer conduzir a conversa para o seu universo. Você entende o que você quer entender.

— Não pode ser porque você não se expressa direito?

— É. Pode ser também. Ou somos incomunicáveis. Seres humanos são incomunicáveis!

— Ou a nossa distância está aumentando.

— Ou somos incompatíveis.

— Pronto! Tá na mesa! Rápido, indolor e econômico! Coma antes que esfrie. Hahahahaha.

— Muito engraçado.

Crás. Clang. Clang. Crás.

— Hum... Delícia. ... O que foi?

— Me passa a pimenta?

— Tá na mão!

— ... Eu fui despedido.

— O quê???

— Fui despedido.

— Como assim, despedido?

— Despedido, ora.

— Hoje? Pera... Você não estava chegando cedo...

— É.

— Desde quando?

— Segunda.

— E agora, o que pretende fazer?

— Não sei.

COZINHA

Mesa de jantar de madeira de 2,00 x 0,90 x 0,70 m. Jogo americano de tiras de bambu. Cadeira com encosto e assento quadrado de couro sintético azul claro, revestido de espuma. Açucareiro em formato de baleiro antigo.

— Você quer café?

— ...

— Estou falando com você.

— Eu ainda estou...

— Quer café???

— Quero.

— Sabe a filha da Cleusa? Como é o nome dela mesmo? Ah, Anita. Estava voltando da formatura e aconteceu um acidente grave. Parece que fraturou a bacia. Tão bonita...

— ...

— Tadinha. Vai ficar um tempão imobilizada.

— Está muito frio aqui.

— Imagine não poder se mexer...

— O ar fica circulando aqui.

— Você não acha terrível?

— Está frio aqui. A porta do quintal está fechada?

— Não fiquei sabendo, mas aposto que foi bebida. Esses jovens de hoje. Sempre bebendo. Sempre apressados.

— A porta.

— Imagine como deve ter sido forte a pancada pra ela ter fraturado a bacia. Meu Deus...

— ...

— Vai ter que ficar alguns meses na cama. E depois, vai ter que fazer fisioterapia.

— ...

— Tadinha. Vou ligar para a Cleusa.

— Está frio. Está muito frio aqui...

BANHEIRO

Espelho oval de 60 cm de altura. Pia de mármore branca. Suporte com escovas de dentes à direita e de sabonete à esquerda. Torneira com acionamento de alavanca de aço cromado no centro. De costas para a porta da suíte.

— Me acorda quando você for sair?

— ...

— Estou falando com você.

— Estava lendo.

— Me acorda quando você for sair?

— Ok.

— Vou no centro.

— O quê?

— Achei que você tivesse perguntado.

— ...

QUARTO

Cama de casal de cedro castanho escuro. Dimensões 2,08 x 1,57 x 0,32 m. Criado mudo quadrado de 50cm da mesma cor da cama. Luminária cromada de lâmpada halógena de 50w e *O Jogo das Contas de Vidro* de Herman Hesse.

— Não consigo me acostumar com esta casa.

— Calma, leva tempo. Talvez a gente tenha que mudar de cama. Casa nova, cama nova.

— Pode ser. Ei, posso acordar com você?

— Como assim?

— Quero ir no centro.

— Ah, sim.

— Que hora que você vai acordar?

— Umas dez.

— Nossa, tão tarde assim?

— Regalias de funcionário público.

— Muito bom. Estava pensando, já que agora você tem tempo e, claro, dinheiro, por que não publica aquela sua coletânea de contos?

— É. Pode ser. Uma boa ideia.

— Estou tão feliz, sabia?

— É. Eu também.

— Desculpe ter ficado contra. Eu sempre acho que...

— Tudo bem. Também não tenho sido um modelo de escritor produtivo.

— É, mas agora você vai poder se dedicar. Só tenho receio que você se acomode...

— Para com isso, eu mal comecei no emprego.

— Eu sei.

— Vou ler um pouco.

— Tudo bem. Vou dormir.

— Ok. Bons sonhos.

— Boa noite.

— Sentou-se na relva e se entregou a sérias reflexões. Estava farto, mais do que farto desses sonhos, desse entrelaçamento demoníaco de vivências, alegrias e sofrimentos que constringem o coração e fazem paralisar o sangue nas veias, e de súbito não passavam de *maya*, e nos davam a sensação de sermos um tolo; ele estava farto de tudo aquilo, não desejava mais nem mulher nem filho, nem trono, vitória ou vingança, nem ventura nem inteligência, nem poder nem virtude. Nada mais desejava a não ser calma, a não ser um fim, nada mais desejava do que fazer cessar a rotação dessa roda, esse infindável desfilar de imagens, suprimindo-as. Desejava conseguir paz interior, desejava desaparecer, como o desejara durante aquela última batalha, ao arremeter contra o inimigo, golpeando em seu redor e recebendo golpes, ferindo e sendo ferido, até tombar exausto. E depois? A isso se sucedia a pausa de um desfalecer, de um leve sono ou da morte. E logo em seguida despertava de novo, devia deixar penetrar de novo em seu coração as torrentes da vida, e em seus olhos o terrível, belo e atroz fluxo de imagens sem fim, inelutável, até o próximo desfalecer, até a próxima morte. A morte era talvez uma pausa, um curto e ínfimo repouso, o tempo de se retomar o alento, mas depois tudo continuava, éramos de novo uma das milhares de figuras de dança selvagem, embriagante e desesperada da vida. Ah! Não havia extinção, não havia fim.

BAR

Mesa de madeira quadrada de 90 cm. Dois cinzeiros redondos brancos empilhados num canto e um terceiro na mesa. Um copo de chope pela metade com bolacha redonda de 7 cm de diâmetro. Guardanapos apoiados em armação metálica triangular.

— E aí, cidadão!?

— Opa, tudo bem?

— Demorei muito?

— Nada. Já estava tomando um chope.

— Legal. Tato, traz um pra mim também? E aí, me conta, como está indo?

— Muito trabalho. Ando cansado. Mas conta você, como foi Portugal?

— Mal. Péssimo. Quer saber? A Europa acabou.

— Como assim?

— Você vai ver. Não dou nem seis meses. A Europa vai entrar em colapso.

— É mesmo?

— Com certeza.

— Que coisa.

— Mas diz aí, o que anda fazendo?

— Andei pensando o que nós conversamos da última vez.

— O quê?

— Sobre nós sermos falsos. Diabetes, cérebro no estômago e o espirro da evolução. Você me contou talvez a maior descoberta da vida.

— Eu não contei nada. Você deduziu.

— Que é isso! Se não fosse você, eu não teria pensado.

— Eu fui contando e você foi fazendo associações.

— Pode ser. Mas é uma descoberta inacreditável. É quase o segredo da vida.

— É...

— Fiquei pensando em como eu poderia reproduzir isso num livro. Até escrevi o prefácio. Na verdade seria uma advertência. Que o livro poderia ser resumido em algumas páginas, mas assim como a função do mito, o leitor precisa vivenciar, ter experiência, para poder compreender a hipótese, o objetivo do livro. Salientei ainda que para alguns a mensagem poderá se configurar como uma revelação, para outros uma fonte de inquietude e indagação e ainda, para outros, pura bobagem. E que cada um deveria tirar suas próprias conclusões.

— Vai ser um livro difícil.

— Sim. Vai ser meu livro joyceano. Hahaha. Até pensei em um título tirado de Ulisses. *I'm too*. No contexto do livro significa "ambos satisfeitos". Mas o som de *too* também é como *two*, dois. Ou seja, significa eu sou dois, ou, eu sou muitos.

— Bom.

— Imaginei uma pessoa que está no ônibus. E tem uma outra pessoa que corre para pegar o ônibus. E também tem outra pessoa que está no carro observando esse ônibus. Assim por diante. Depois poderia contar a história de outras pessoas que são completamente diferentes e aparentemente não têm nenhuma relação entre si. Mas todos são a mesma pessoa. Eu só teria que encaixar as três parábolas no livro.

— Entendo.

— Tive uma outra ideia também. Sobre um ônibus fictício que tem o maior trajeto em São Paulo. Vou chamar de *176J Calmon Viana*. Tem itinerário de duas horas e quarenta de duração. Tive essa ideia no dia 17 de junho, um dia depois de Bloomsday, 16 de junho, o dia em que se passa o *Ulisses* de Joyce. Vai ter dois grandes capítulos. Ida e volta. Imagino que tenha 99 passageiros. Cabalístico. Sentados e em pé. E de alguma maneira todos os passageiros estão relacionados. Inclusive as posições que ocupam no ônibus. Obviamente não serão as mesmas pessoas na ida e na volta. Mas a grande maioria será. Até pensei em juntar duas ideias. Mas acho que não. Como disse H.G. Wells quando indagado porque não fez um marciano invisível, uma ideia de cada vez. Senão banaliza a história. O leitor perde o interesse.

— Quando pretende começar?

— Daqui a uns cinco ou dez anos.

— Por quê?

— Eu ainda não estou preparado. Tenho ideias mas não sei se eu entendo o conteúdo. Acho que tenho que aprender mais para poder escrever. Ainda não tenho competência para isso.

— Você viu *Inception*?

— Ainda não.

— Então veja. Dizem que Christopher Nolan teve essa ideia quando tinha dezesseis anos num sonho lúcido. Mas guardou por mais de vinte anos para poder fazer. Ele achava que não estava pronto ainda. É um bom sinal você saber que ainda não está pronto.

— Tenho certeza. Ainda tenho que aprender muito. E escrever outros livros. Quero escrever um sobre uma adolescente que quer ser rock star. Essa coisa de revolta e precisar aprender a intenção certa para se tornar o que ela quer ser. Entender a verdadeira motivação da fama e da vida. Uma espécie de jornada mítica. Mas na terceira pessoa com um narrador irônico. Já escrevi umas páginas.

— Já te falei dos chimpanzés?

— Não.

— Não? Certeza? Não falei?

— Não.

— Então tenho que te contar. Tem uma tribo de chimpanzés diferentes que moram separados por um rio. Um mora em cada lado da margem. Eles se odeiam. Mas moram junto ao rio por conveniência de água e comida. Todos os dias eles chegam à beira do rio, batem no peito, apontam para o outro lado e dizem "você é um filho da puta. Cuzão, desgraçado!" Do outro lado gritam, "cuzão é você. Filho da puta. Vai se foder!" E depois eles vão embora. Nunca atravessam o rio e concretizam as ameaças. Mas, quando o chimpanzé atinge a adolescência algo acontece. Eles começam a não se dar bem com a tribo, arrumam problemas e de repente um atravessa o rio. Chegando do outro lado ele é xingado, apanha, leva uma surra e fica jogado num canto. Mas não morre, sobrevive. E fica vivendo um tempo no ostracismo. Leva umas porradas de vez em quando, é judiado, mas com o tempo essas agressões diminuem. Até que ele é aceito e procria. Você sabe por que ele atravessa o rio?

— Não.

— De um lado são do mesma tribo, certo? São irmãos, primos, pais, mães, tudo parente no fim. O que acontece quando você cruza com parente? Corre o risco de os descendentes nascerem com genes defeituosos. É por isso que os chimpanzés adolescentes se revoltam sem explicação e mudam de lado. Para não cruzar com os da mesma espécie. A revolta da juventude na verdade é genética. Existe um gene que força os jovens a se revoltarem e mudarem de lugar. Para que não cruzem com os da mesma espécie e causem problemas genéticos.

— ... Você está querendo dizer que algumas explicações que são na verdade inexplicáveis, têm explicação implícita como essa, biológica?

— Yep. Tato, traz mais um? Pra você também?

— Quero.

— Por exemplo, diferença biológica fundamental. Homem e mulher.

— Quer dizer que tem diferenças genéticas que podem explicar diferenças comportamentais de homem e mulher?

— Claro. O que mais se pode explicar.

— Hum... Isso me interessa. Ah, obrigado.

— A visão periférica do homem é menor, muito menor do que a de mulher.

— É mesmo?

— É. Por causa da caça. O homem precisava de uma visão mais focada. As mulheres têm mais visão periférica. Por isso que se distrai fácil também.

— Hahahahahahaha.

— E descobriram que o cérebro feminino tem conexões maiores entre o lado direito e o esquerdo do que o de um homem. É possível reconhecer o sexo da pessoa analisando só o cérebro.

— Interessante.

— Isso significa que as mulheres têm mais facilidade em migrar do raciocínio lógico para o abstrato e vice-versa. Eu estava no meio de uma discussão com a minha mulher. Ela fazia associações a torto e a direito. Eu não estava conseguindo acompanhar o que ela estava falando. Então perguntei. Eu não estou entendendo o que você está querendo dizer. Do que você está falando? Que linha de raciocínio eu perdi? Então ela gritou. Todas! Todas!

— Hahahahahahahaha.

— Tenho que falar uma coisa pra você.

— O quê?

— Eu tive que contar todas aquelas histórias malucas porque você estava com uma ideia fixa.

— Que ideia?

— ... Você está louco para ter um filho.

— Eu????? Hahahahahahahahahahaha. Mauro, você está brincando. Eu nem mesmo penso em me casar. Exceto...

— Eu esqueci de dizer. Levei o seu livro para Portugal na minha mala.

— É mesmo?

— A chefe de vendas leu e gostou muito. Ela está indicando para outras pessoas. Se receber algum e-mail ou alguma mensagem de lá, não estranhe.

— Que bom...

— Você é um mestre da literatura. Sabe descrever quando o personagem sente isso, aquilo e que pode ser que seja isso mas não é, e explica depois que é outra coisa e não aquilo...

— Fico muito feliz. É um grande elogio. Acho que foi um dos maiores que eu recebi em toda a minha vida.

— Mas tem um problema.

— Qual?

— Fica bêbado muito rápido.

— Hahahahahaha ... Mas é sério esse negócio de filho?

— ...

— Eu não consigo acreditar. É meu inconsciente falando?

— ...

— Eu não estou muito bem lá na agência. Sou realmente auto-crítico demais.

...

— Mas, se tudo isso é ilusão, por que nos importamos? Por que não conseguimos sair disso? Desvencilhar?

— Porque é consistente.

— ...

— Vou te mostrar uma coisa... *Click*. Essa tela. Não é em duas dimensões? Um plano.

— Sim.

— Se a Teoria das Cordas diz que o universo tem onze dimensões, onde estão outras nove?

— ...

— E as pessoas que estão em volta, os objetos. Onde estão as outras oito dimensões?

— Não sei. Talvez a gente não enxergue?

— Acho que o que acontece é que a gente anula sem querer.

— Como assim?

— Essa tela. Para formar um ponto, sem querer a gente anula outras nove dimensões. E para formar a terceira dimensão, algo anula as outras oito. A física está querendo aprender como é que isso acontece. E quando isso acontecer, o mundo que conhecemos irá mudar radicalmente.

— ...

— Você sabe o que é transformada?

— Não.

— Transformada é uma ferramenta de cálculo que facilita cálculos muito complexos. Você pega uma equação insolúvel ou com muitas variáveis, reduz para uma que você consiga resolver. Vai reduzindo até resolver e depois vai subindo até chegar à equação original. Tem a ver com essa ideia que acabei de te contar. Os seus livros são uma maneira de aplicar transformada. Assim em cima assim em baixo. Acredito que os escritores operam em uma outra dimensão. Quando imaginam os personagens, criam histórias e entrelaçam as relações, estão trabalhando em uma outra dimensão. Essa facilidade de transitar entre a nossa e a outra é que determina o quanto o escritor é bom. Eles têm a habilidade de estar, manipular e alterar além das três dimensões que enxergamos.

— Acho que escrever é como entrar em transe. Eu lembro que quando fazia engenharia, ia mal em muitas matérias. Mas acontecia algo estranho com o cálculo. Quando a prova chegava eu resolvia. Eu olhava e ia fazendo. Eu sabia o que tinha que fazer. As coisas vinham. Era muito intuitivo.

— Eu trouxe um presente para você. Não sabia o que comprar para alguém que já leu de tudo. Então, estava andando pelos corredores enormes da livraria e encontrei isso.

— Sabe que não li tudo. Não precisava.

— Toma.

— Uau, *The Complete Novels of George Orwell!*

— Eu não li 1984. Mas acho que Orwell, Huxley também, conseguiu escapar do rótulo de ficção científica que é considerada uma literatura menor.

— Eu não acho.

— A maioria acha.

— Eu ainda vou escrever um livro de ficção científica. E acho que já tenho a ideia.

— Ótimo.

— Você lembra da história que eu te contei do Orwell que se recusava a morrer antes que terminasse *1984*... Você precisa fazer uma dedicatória.

— Certeza?

— Mas claro. É necessário. Tem que ter. Ei, pode trazer mais um?

— Ok.

...

— Tome.

— Outros e... outros?

— Autores.

— Me desculpe. Você podia ler. Deixa eu sentar aqui do lado.

— Autores e grandes autores imaginam.

Autores vivem no mundo dos *i*.

Os grandes criam rotações em

dimensões imagináveis e,

surpreendentemente, as anulam e

projetam no mundo real, alterando

a realidade.

Assim é você.

Parabéns.

— Não tenho palavras... Muito obrigado por tudo. Vou fazer de tudo para não decepcionar você.

— Escreva.

— Sim. Como Orwell. Até o fim.

— Tato! Eu já te falei de octônios?

QUARTO

Colchão de mola com cama King Size 1,93 x 2,03 x 0,50 m. Criado mudo branco 0,47 x 0,46 x 0,36 m do lado esquerdo da cama com telefone sem fio 2.4 Ghz e abajur de metal com tecido de 60w. Armário modular branco de 4,00 x 2,20 x 0,53 m do lado esquerdo da porta do banheiro. Penteadeira estilo provençal de 1,14 x 0,43 e 1,59 m com três espelhos e cinco gavetas do outro lado do armário. Mesa de canto de aço fundido com tampo de vidro do lado oposto da cama com TV de LCD de 32".

— Você pagou o meu cartão de crédito?

— ...

— Você pagou o cartão de crédito?

— Nã...não sei.

— Como não sabe?

— Você não sabe o que você pagou?

— Tenho muita coisa para fazer.

— Muita coisa para fazer? Brincou, né? Toda vez que vou te visitar na repartição, você sempre está de conversa com o Luciano, como se chama o outro? Ah, Wagner. Se não está lendo.

— Eu não lembro todas as contas que eu pago.

— Você tá louco? Como pode?

— Ora, não lembrando. É muita coisa. Muita conta.

— É só guardar os recibos. Você não faz conta?

— A maioria eu pago na internet. E esqueço de imprimir os comprovantes.

— Estou horrorizada. Foi assim que esqueceu de pagar a conta do celular, né?

— ...

— Por que você não bota no débito automático?

— Como posso botar no débito automático uma coisa que não sei quanto vou pagar???

— Ora, não foi você quem disse que não precisaria mais se preocupar com as contas?

— Dinheiro, dinheiro, é sempre dinheiro.

— Não. Não é dinheiro. São obrigações. Não é você mesmo que fala que até na filosofia indiana existem obrigações financeiras?

— Me passa essa conta que vou pagar.

— Mas você nem sabe se já pagou. Além do mais, a conta está com você.

— Se eu pagar de novo, eles vão estornar!

— Você não entende nada.

— O que é que não entendo? Eu não posso ter esquecido de pagar uma conta?

— Não, não é isso.

— Então, o que é?????

— É sistemático. Ultimamente você esquece SEMPRE de pagar a conta. Melhor, você não se lembra se pagou ou não a conta. A gente consome e paga. É ética, é dever. Você que dá tanta importância para ética e honra, deveria saber.

— A ética e a honra não têm nada a ver com isso.

— Ah, não? Então o que é?

— Eu disse que não ia pagar a conta? Eu disse??? Eu só disse que esqueci se paguei ou não!!!

— Eu não acho que seja esse o motivo. Tem algo mais aí. Acho que você não se importa com a conta ou tem medo de estar pagando a conta ou pode ser até uma reação inconsciente do desprezo ao dinheiro.

— É impressionante.

— Tenho ou não tenho razão?

— ...

— Aonde você vai? ... É típico também. Ao invés de conversar fica fugindo.

— Eu não estou fugindo. Estou indo pegar o cigarro. Ali.

— Você não vai fumar aqui.

— Vou abrir a janela. Mesmo porque, se eu disser que vou fumar na sala, vai me dizer que estou fugindo.

— ...

— Vamos lá, então. O que você quer que eu faça?

— Eu não quero que você faça nada. Quero que você mude o seu pensamento. Não. Mais simples. Procedimento na hora de pagar a conta. Faz um controle. Escreve na conta um simples "pago". Assim não ia resolver?

— Mas que merda. Eu não disse que pago na internet? Como vou fazer? Escrever "pago" na tela?

— Imprime, ora!

— Eu já disse que esqueci!!!

— Assim não dá. Deixa eu passar o creme em paz.

— Estou te impedindo? Quem começou com essa história de conta?

— Mais um. Típico, típico. Sempre querendo colocar a culpa em mim. Eu é que não lembro se paguei a conta ou não?

— Caralho!!!!

— Olha, é grave você não lembrar se pagou a conta ou não.

— Putaquepariu!!!

— Tive uma ideia. Por que você não deixa eu cuidar disso?

— O quê? Cuidar o quê?

— Como fazíamos antigamente. Você me passa o dinheiro e eu cuido dos pagamentos. O que acha?

— Você está louca. E eu vou fazer o quê? Pedir trocados para você na hora de comprar cigarro?

— Não é uma má ideia. Assim você fuma menos até. Hahahahaha.

— Não teve graça nenhuma.

— Pra mim teve.

— É que seu senso de humor sempre foi duvidoso.

— Ah, então o seu senso de humor é correto, maravilhoso. Ninguém ri das suas piadas, você nunca percebeu?

— ... Nunca fui bom de contar piadas.

— Você devia levar a sério o que eu falei.

— Era isso que você queria desde o início, não é?

— O quê?

— Controlar as finanças.

— Do que você está falando?

— Confessa. Era isso que você queria. Ter dinheiro para você.

— Você está louco. Eu só propus uma solução para você.

— Não. Você é ardilosa. Esperta. Era isso que você queria.

— Ai meu saco. Quem é, quem é que está pensando só em dinheiro agora? QUEM?

— Você me tira do sério.

— É você que me tira do sério!!!

...

— A Anita realmente vai ter que ficar de cama dois meses.

— Eu já disse que esse assunto não me interessa.

— Você é insensível.

— Insensível? Eu não quero fofocas.

— Fofoca? Onde isso é fofoca? Desde quando se preocupar com outras pessoas é fofoca?

— Você não está interessada nela. Você está interessada no acidente.

— Fatos. Eu me interesso por fatos. É muito melhor do que você, que vive no mundo da lua.

— Fatos? Você quer é sensacionalismo. Não está preocupada com a saúde da garota coisa nenhuma.

— Como você sabe?

— Eu sei.

— Explica.

— Não quero.

— Não sabe ou não quer?

— Ai meu saco. Me deixa em paz. Amanhã tenho que acordar cedo.

— Agora tem que acordar cedo?

— Isso não vai ter um fim? Já sei. Não me interrompa.

— ...

— A conta. Amanhã eu ligo pra administradora. Caso não tenha pago a conta, eu pago. Se eu já paguei a conta, muito bem, já está pago. E a Anita eu sinto muito, mas foi uma fatalidade. Assim como acontece com muitas pessoas nesta vida. Vamos torcer para que ela se recupere rápido. O que acha?

— E a multa? Eu ainda não me conformo que você me chamou de fofoqueira.

— .... Inacreditável. Não dá para conversar com você.

— Não dá porque você só olha para o seu ponto de vista.

— Eu??? EU estou olhando para o MEU ponto de vista???

— Você sempre quer estar certo.

— Eu?????? Eu estou querendo conciliar.

— Conciliar o quê? Menosprezando a opinião de outras pessoas? Querendo impor que você é a pessoa sensata?

— Quer saber? Chega. No fim ninguém ganha briga. Sabe por quê? Porque não se trata de ter razão. Não adianta você ter razão, estar certo. A outra pessoa vai analisar sempre do seu ponto de vista. Pra ela sempre vai estar certa. Não tem como ganhar uma briga mesmo estando certo.

— Está querendo dizer que você tem razão mas não vai ganhar a briga?

— Chega, chega!!!

— O que você nunca percebe é que acha que eu estou retrucando. O que você nunca enxerga é que você está sempre falando de você. Tudo é você, tudo é o que você acredita. Tudo é o que você acha que sabe. Tudo é o que você acha que é importante.

— É impressionante a sua capacidade de distorção.

— É impressionante o seu caso de cegueira.

— O que aconteceu com você?

— O que aconteceu o quê???

— Você. Como é que você foi se transformar em uma mulher desprezível assim?

— O quê???? Você está louco??? Quem é que é desprezível?!?!?!?

— Tá, desculpe. Foi sem querer.

— Sem querer????? Agora você vai continuar. Quem é desprezível????

— Já pedi desculpas.

— Você acha que pedir desculpas basta. Sempre acha que quando erra, pedindo desculpas resolve. Não resolve. Não resolve nada. As palavras não voltam.

— Então o que tenho que fazer?

— Você me insulta e acha que desculpas bastam.

— Eu não insultei.

— Insultou sim.

— Não insultei.

— Insultou sim.

— EU não insultei!!!!!!!

— Não grita!

...

— Veja no que você se transformou.

— O quê? No que eu me transformei?

— Uma pessoa fria. Uma pessoa pé no chão. Uma pessoa sem imaginação. Uma pessoa dura.

— Eu não deixei a poesia por você? Acha que eu mudei?

— Se tornou uma pessoa seca.

— EU???? Eu ME tornei uma pessoa se-ca????

— No começo você era uma pessoa que via beleza nas coisas. Até nas coisas mais simples. Agora só consegue enxergar a realidade.

— E o que é realidade?

— Dinheiro, conta, vizinhos, jantares dissimulados.

— E você, no que você se transformou?

— ...

— Você continua o sonhador que era? Você continua o homem que ia mudar o rumo da literatura mundial? A sua vida está repleta de poesia e realizações?

— Mesmo enclausurado numa casquinha de noz, serei ainda o rei do infinito espaço.

— Você diz coisas que nem você acredita.

— ...

— Tô cansada de suas citações e frases feitas.

— ...

— Joga! Por que não joga? Por que não acaba com essa farsa de que está escrevendo um livro? Por que não acaba com essa farsa que é a sua vida? A nossa vida? Por que não acaba com essa farsa???? Você é uma farsa!!!!!

Vuuuum. Crack. Prac. Prec.

— O que... o que você fez???? Desgraçado!!!!!!

Slap. Plec. Slap. Pow. Packt. Slap. Plec.

— Estou cansado...

— Você... es...tá.. cansado? Eu estou farta!

— Vamos acabar com isso.

— Acabar co...mo? Já aca..bou faz tempo!

— Cansado...

Ungh. Snif. Snif. Ungh. Ungh. Ahn. Snif.

— Can...sado? Você é.. lou...co...

— Quer saber? Você tem razão. Eu sou uma farsa, uma mentira. Um embuste.

Ungh. Ungh. Ahn. Snif. Snif. Ungh. Ahn. Ahn. Snif. Snif. Ungh.

— Agora vou te contar um segredo. Quero que você escute bem. Olhe para mim!

Ungh. Snif. Snif.
— Eu disse... Olha pra mim! Olha! Agora presta atenção!
Snif. Snif. Ungh. Ahn. Ahn.
— O livro... a maldita coletânea de contos... nunca existiu. Eu só tenho seis contos escritos. O resto é imaginação minha. Nunca daria para fazer um livro. Eu... Eu... Eu sou... *Gulp.* Você tem razão. Eu sou um embuste. Um grandessíssimo, um verdadeiro embuste. Eu sou um embuste. Uma farsa!
Ahn. Ahn. Ungh. Snif. Ungh. Snif
— Vo... Você...
— É. É a mais absoluta verdade.
— Eu já...
— É, é isso. Eu desperdicei a minha vida. Eu joguei a minha vida fora. Eu não tenho talento! Você sabe o que é acordar todo dia e saber que fracassou? O ridículo que passo todos os dias? Eu peço, por favor, pelamordedeus, não me dê nenhuma esperança hoje. Hahaha. Você sabe... Você sabe o que é viver no inferno e lembrar todos os dias que não é capaz???
...
— O que é essa maldita vida senão uma traição voluntária. O último lamento antes do sono. Uma infinita sabotagem de herança ancestral. Hoje e amanhã separados pelo conforto da morte. Um sofrimento sem fim, sem justificativa e sem sentido. De natureza falha, não de luz, mas de barro, reproduzindo a essência do pó, dia após dia, até o risível fim. Cresce aplicando camadas e mais camadas de mentira, ateia-se o fogo não para arder e sim para perpetuar a natureza da falsidade, até que o golpe do destino nos despedace. Ando torto porque a minha alma é torta. Tudo que faço é imperfeito porque sou imperfeito. Me anestesio, vicio e deliro com o meu sonho. A fraqueza é o meu signo e a autopiedade meu passatempo favorito. Sou versado em esfriar o meu sangue, fechar os olhos quando deveria despertar e inverter o passo quando enxergo

a chegada. Vivo ao contrário tentando deixar de existir, faço o espelho do sonho me refletir menor do que sou, estrago o traje do meu triunfo transformando em mortalha. Eu quebro, despedaço e dilacero acreditando na única verdade do fracasso. Cometo erros sucessivos tentando repartir a solidão, ignoro a sorte pisando em folhas raras, sou mais ilusório do que a minha felicidade. O sol só se põe no meu mundo, a lua vive em eclipse e o mar sempre agitado, sou cego, surdo e mudo, insensível e sempre amargo com a vida. Nasci morto, vivo morto e, na morte, sonharei novamente com a vida de um natimorto. Irremediavelmente sem saída, morando em um eterno pesadelo, sem nunca poder precisar o começo e o fim, repetirei sem parar a existência ignóbil, disforme e inominável. Acorrentado no tempo, sem nunca pertencer a nenhum espaço, obrigado a viver sempre a mesma vida sem nunca se lembrar, sempre sofrendo as mesmas dores como novas, procurando em vão encontrar a alma perdida, transmutando o corpo em sombra e a sombra em corpo, preso no sentimento domesticado, de vontade castrada e desejo alheio, rindo e chorando sem saber o motivo, destilando a raiva originada do apego e observando inutilmente a essência se esvair junto com a respiração. No fim restará somente os pedaços de tudo que nunca encontrarão a sua forma original, sem conserto, flutuando no vazio frio, gélido e estéril. Me tornarei o primeiro, o único e o último, vítima e carrasco, preso e carcereiro, cadáver e assassino, tudo ao mesmo tempo para toda a eternidade. Estou condenado.

— ... Essa... essa é a sua voz...

SALA

Bibelô de elefante. Sofá de três lugares em chenille. Mesa de centro de armação de aço 90 x 90 x 40 cm com tampo de vidro. De frente para a TV de 40" com moldura preta.

— O que você quer?

— ...

— Vá embora! Eu vou dormir aqui.

— Quero que você escute uma coisa.

— O que tem mais pra falar? Não temos mais nada.

— ...

— Acabou.

— Eu quero que você escute uma coisa.

— Já disse não temos mais nada para conversar. Amanhã vou fazer as malas e vou embora.

— Não quero conversar. Só quero que você escute.

— Que diferença faz?

— Só escute. Eu só preciso de confiança. Que acredite em mim. É um tempo muito difícil para mim. Mas não quero conivência, nem pena. Só preciso de um sincero, eu te entendo, eu estou com você. Nada mais do que isso. Se é questão de alma, saberemos confortar um ao outro nos momentos em que só nós poderemos entender e apoiar um ao outro. Mesmo porque, se não for isso, é melhor continuar vivendo o que tínhamos antes de nos conhecermos. Não é para viver em um outro patamar de vida ou de amor ou seja lá o que for que estamos juntos?

Não quero senso comum. Não quero ser ditado popular. Não quero viver para sempre no primeiro andar. Não quero a incomunicabilidade destruidora de pessoas superficiais, ressentidas e receosas.

Se não é isso que queremos, temos que desistir. Se queremos viver o padrão, temos que desistir. Se queremos ser levados pela falta de compreensão, temos que desistir. Se não é algo distinto, superior ou extraordinário, temos que desistir. Se não apostarmos o corpo e a alma, temos que desistir. Se não é algo que estamos dispostos a consumir por completo, nem vale a pena viver e nem se comprometer. Eu mesmo estou cansado de amor mitigado. Amor de cartilha e de conveniência. Precisamos saber o que queremos. Esse é o subtexto verdadeiro. E não soluções infantis de nossas reações previsíveis. Afinal, o que realmente queremos?

Talvez eu não saiba. Talvez eu seja melindroso demais, dramático demais ou até infantil, ingênuo demais. Mas já quis algo maior. Acredito que você também. Então, não é disso que devemos falar e é o que realmente importa?

Sinceramente não sei o que é amor. Talvez não me seja permitido saber. A única coisa que eu sei é que somos imperfeitos. Em nome de tudo o que é mais sagrado, me ajude a me consertar, perseverar e acreditar. Que eu ainda possa alcançar uma graça que podemos construir das nossas mãos.

— Quem... quem escreveu isso?

— Você. Você escreveu isso.

— ... Eu não me lembro...

— Eu ainda disse. Não te entendo. Mas juro que vou tentar até a morte. Será que não podemos encontrar uma saída? Você sempre encontrava uma... Pense, querido. Pense...

...

— ... Vai embora.

— ...

— Vai embora!

QUARTO

Colchão de mola com cama King Size 1,93 x 2,03 x 0,50 m. Criado mudo branco 0,47 x 0,46 x 0,36 m do lado esquerdo da cama com telefone sem fio 2.4 Ghz e abajur de metal com tecido, lâmpada de 60w. Armário modular branco de 4,00 x 2,20 x 0,53 m do lado esquerdo da porta do banheiro. Penteadeira estilo provençal de 1,14 x 0,43 e 1,59 m com três espelhos e cinco gavetas do outro lado do armário. Mesa de canto de aço fundido com tampo de vidro do lado oposto da cama com TV de LCD de 32". Uma pá perto da perna da penteadeira mais próxima da porta do quarto.

Ungh. Ahn. Snif. Snif.

— Vo...

— ...

— Nós que... nos a... mávamos... tanto... como viemos... parar... nisso?

— ...

— Você acha... que não... existe mais... saída?

— ...

— 18 anos, 18 anos de vida. Não podemos... voltar? Esquecer?

— Não. Não podemos.

...

— Mas tem um outro jeito.

— Que, que jeito?

— Encontrei um jeito. Mas se só eu acreditar, vai ser uma mentira.

— Do que você está falando?

— Se só eu acreditar, vai ser uma mentira. Mas se você acreditar também, será verdade.

— O que quer dizer?

— As coisas que nós poderíamos ter feito e que não fizemos. As coisas que poderíamos ter feito e que poderiam ter salvado o nosso casamento. As coisas que poderíamos ter feito e salvado as nossas vidas.

— Não entendo...

— Sabe aquela viagem para Paris? Nós fizemos. Você não se lembra?

— ...

— Você não lembra de quando estávamos andando pela margem? O meu chapéu voou e caiu no rio Sena? Corremos atrás que nem loucos. Você estava de vestido florido. Ficou rindo sem parar quando o vento levantou seu vestido e não conseguia segurar. Você se lembra?

— ... Eu... Eu... Eu me lembro. Eu estava de vestido florido branco. Com estampa de flores do campo. Gostava muito daquele vestido. E o vento... Estava muito forte.

— Isso!

— Ah, E você... Você tinha que ver a sua cara quando entrou na *Shakespeare and Company*... Estava com os olhos arregalados. Haha. Não queria mais sair daquela poltrona vermelha. ... Ficou todo empolgado quando viu a cama, dizendo que queria morar ali para escrever um livro. Ficou repetindo sem parar. Joyce esteve aqui. Hemingway esteve aqui. Fitzgerald esteve aqui. Ainda disse. Um dia vou fazer o lançamento do meu livro aqui. Lembra?

— Eu lembro... Para variar, você esqueceu o carregador de celular no hotel.

— Hahahahaha. Você não perdoa uma.

— ... E... O nosso filho...

— Nosso filho???

— É. O nosso filho.

— ... Thomas... O que aconteceu com ele?

— Como o que aconteceu com ele? Vai fazer dezoito agora. Foi uma ótima ideia a gente ter mandado fazer o intercâmbio.

— Ah, o intercâmbio...

— O seu primo foi ótimo em cuidar dele.

— Verdade. Foi mesmo uma ótima ideia ter feito o colegial nos EUA.

— Ô se é. Ele vai se dar bem.

— Provavelmente ele fará faculdade lá, não é?

— A última vez que conversei com ele, disse que está sim pensando em fazer faculdade lá.

— Eu sinto saudades, mas é para o bem dele, não é?

— Claro que é.

— E o que...

— É provável que ele fique por lá. Nunca gostou daqui mesmo. Vai se formar e casar. Vai ficar bem. Vamos ter que ir visitar.

— É...

— Mas sempre teremos boas lembranças. Criança sorridente que não parava de correr...

— É...

— O que foi?

— Na... Nada... Acho que fiquei... emocionada... ao lembrar dele.

— ...

— Lembrei de outra coisa.

— O quê?

— Lançamento do seu livro.

— ...

— O título, achei muito bom.

— *Catalepsia*. O estado em que você fica paralisado durante o sono. Você não sabe se está sonhando ou está acordado. Não consegue se mexer. Talvez seja o estado em que nós vivemos...

— Muito interessante. Lembro de você ter ficado muito bêbado. Mal conseguia escrever dedicatórias no fim.

— Hahahahaha. Verdade.

— Foi uma grande noite.

— Uma das melhores da minha vida.
— Que boas lembranças.
— É.

...

— Podemos fazer isso sempre?
— Infinitamente.
— Eu amo você.
— Eu amo você.

SALA

Sofá de tecido florido de dois lugares. Uma poltrona que faz conjunto com o sofá, também de tecido florido. Mesa circular com 90 cm de diâmetro com um vaso de flores no centro. Cortina branca logo acima do sofá. De frente para a TV de 25".

— Deixa ver. Você... Você vai ficar do ladinho do Bernardo e da Laurinha. Que maravilha! Pepa, Pig, Emília... Emília... se importa de trocar de lugar com o Jonas? Pronto. Juba, Baby, Biz, Graça, Eric, Dandi, Sofia... Dê boas vindas ao Arthur. Você é um elefantinho muito bonito e simpático, sabia? Foi um achado. Aquela lojinha do parque nunca tem nada. ... Ufa. *Trrrrrrrrrr.* Santa mãe de misericórdia! Que calor! Não chove, não venta. O mundo vai acabar. É o fim dos tempos.

— Um dia, a Terra vai ficar tão quente, tão quente, que a geleira toda vai derreter todinha, visse? O sertão vai virar mar...

— É... Acho que o Severino tem razão... Ah, meu Deus! *Shkk. Shhiiksh. Shiucksh.* Céus! Já tá mole. ... *Rrrip. Rasssh Hummm...* Char...ge... Essas com amendoim e cobertura de caramelo são as melhores. Que gostosura. Comer chocolate é bom demais. *Hummm... Chomp. Humm.* Xi, sujei o vestido. Papel... Hahaha. A mancha ficou engraçada. Meio torta mas parece um coração. Hahaha. Engraçado. *Chomp. Hum... Hum...* Delícia... Ai, devia, devia ter aproveitado a promoção. Contra-filé por preço de acém! Barato demais. Mas é tão longe... Será que vai ter amanhã? Aiaiai... *Trim, trim, trim, trim...* Já vai! Alô? Ah, Oi, Raquel, tudo bem? Também. Sim, mas não era na terça? Tá, a Dalva... Hum... Estranho. Sei... Às quatro? Tudo bem. Sim, posso sim. Na certa a Lourdes... O quê? Levo. Vou levar. Tô falando que eu levo. Tá, tudo bem. Essa velha tá cada vez mais surda. Uhum. Entendi. Até. Tá, não vou me atrasar. Pode deixar. Tchau. Até. Tchau. *Tec.* Achei que nunca mais ia me chamar. Na certa a Lourdes ou a Berenice não puderam ir. Pensa que eu não sei. Que fica caçoando de mim porque fico pegando do morto. Ora, se eu pego do morto é porque eu sei que dá jogo, não é? Por que eu pegaria se não fosse dar jogo? Não sabem de nada, nada! Acha que eu não entendo as indiretas. Aquela víbora. Ai que ódio! Desnecessário? O que é que é desnecessário? Até na rua acham coisas boas. Sempre achei muita coisa boa na rua. No outro dia, no outro dia, encontrei uma caçarola quase novinha. Sem fuligem. Se foi ao fogo, no máximo foi três, quatro vezes. Isso só pode ser perseguição porque sou pobre. A vida é dura mas não sou mole não. Até colar lantejoulas em vestido de madame, servir bebida no balcão, já aguentei muita peste, dar banho e até limpar cocô de velhinho, eu já fiz. Andava dez, dez não, doze quilômetros no tempo em que a Avenida São João nem existia! Mesmo quando fizeram a ponte, eu tinha que pegar dois ônibus para chegar em Santa Bárbara. Um naquele ponto horrível que tinha uma imensa poça de lama em dia de chuva... Quanto desaforo e humilhação eu... *Sob.* tive que aguentar... *Sob. Snif.* Para... Não sabem de nada. Não sabem de nada. Mas não perdem por esperar. A vida... A vida é como uma roda gigante, viu? De uma hora para outra quem está em cima desce e quem está em baixo sobe. E todo mundo paga a mesma entrada. Rá! Vocês vão ver. Um dia essa roda vai girar e muita gente vai ficar de cabelo em pé. O sertão vai virar mar e o meu sonho vai se realizar. De mão em mão, da pequena prece da minha mãezinha, o mundo vai virar uma flor de mil pétalas e tudo vai nascer de novo, purinho, purinho... A minha vida será um sonho dentro de um sonho. Do outro sonho dentro de um sonho, sem saber onde começa e termina, esperando por um grande despertar. Meu Deus. Ah, meu Deus! Já são 5! Daqui a pouco o mercado vai fechar. Preciso comprar tanta coisa... Cadê a lista? Minha cabeça... Onde eu deixei? Onde? Meu Deus. Aqui! Arroz, detergente, re, fe, ah, requeijão. Diabos, nem eu mais entendo a minha letra. Presunto, queijo prato... Falta alguma coisa... Falta alguma coisa. ... Chá! Chá! É isso! Chá! Já são... Preciso ir ao mercado antes que feche. Preciso ir. Preciso...

AGRADECIMENTOS

Chantal Cidonio, Bruna Pazdziora, Karen Garcia, Kyung Ha Lee, Edu K, Solange De Ré, Paula Arruda, Ligia Kempfer, José Araujo, Ricardo Alpendre e Patrícia Gonzaga.